天神幫幫忙

動物馬拉松

作者／子魚　　繪圖／張惠媛

目錄

1 想要變身的錦蛇

錦蛇悶悶不樂的躲在洞穴裡不肯出來晒太陽。他覺得自己很醜，從頭到尾巴就只是長長圓圓的一條，單調得不得了，所以自卑得不敢出門。

有時，錦蛇看見天空中飛翔的小鳥，覺得他們好自在，他羨慕的說：「有翅膀真好！」有時，錦蛇看見在樹上攀爬的猴子，覺得他們好靈活，他無奈的

說：「有手真好！」有時，錦蛇看見在草原跳躍的袋鼠，覺得他們好神氣，他忌妒的說：「有腿真好！」

「唉！我沒有手腳也沒有翅膀，光溜溜的像一條水管，真是難看。」錦蛇再一次嘆氣搖頭。

在一個陽光普照的日子，天神來到森林，錦蛇趁機向天神訴苦。

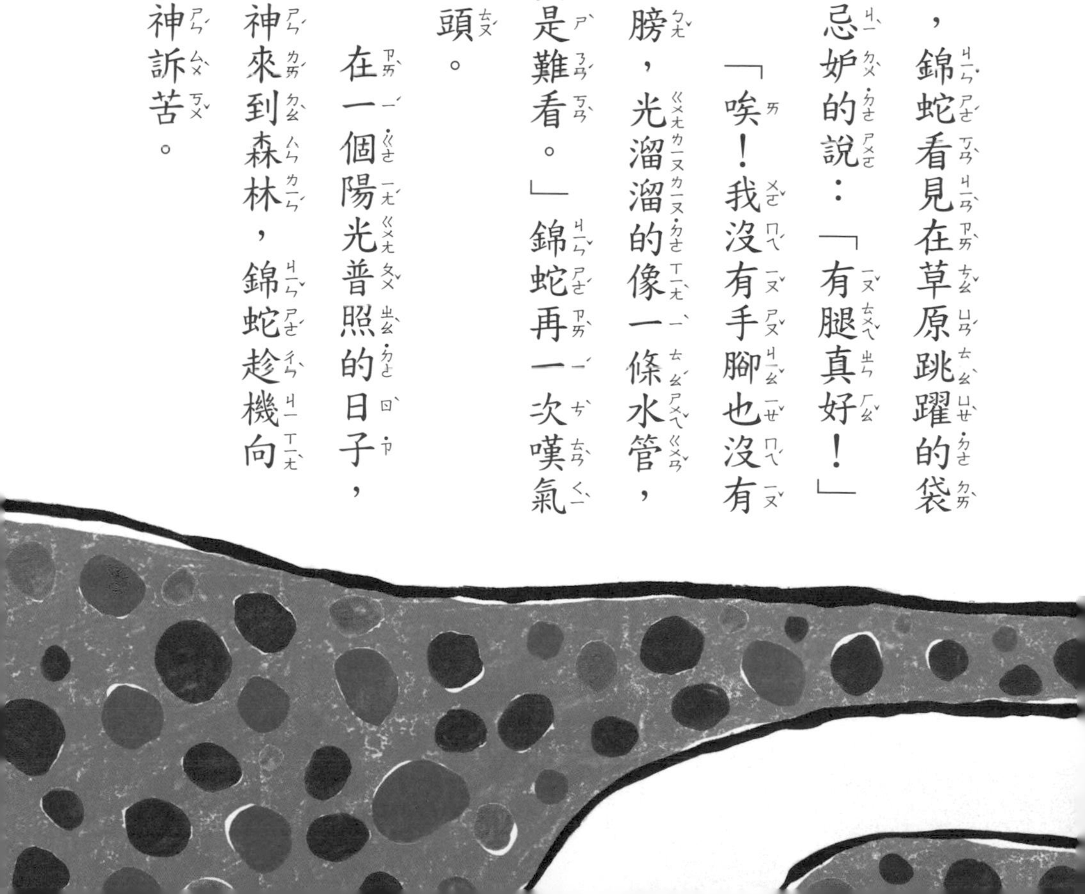

「當初上帝造物時，真不公平，什麼都不給蛇！」錦蛇接著說：「您是萬能的神，請給我一對翅膀好不好？」

「好啊！」天神說完，揮動魔杖。錦蛇長出翅膀在森林上空飛翔。

錦蛇好高興，說：「哇！原來從天空往下看，森林這麼漂亮。」

小鳥好奇的接近他，想看清楚這是什麼怪東西。錦蛇生氣的責備他：「看什麼看？沒看過會飛的蛇喔！」

忽然，小鳥不見了。錦蛇心想：「鳥畢竟怕蛇，怕我

把他們吞掉。」

一隻老鷹俯衝下來。原來小鳥早已警覺危險，趕緊躲起來，會飛的錦蛇成了攻擊目標。

老鷹失手沒抓到，錦蛇從森林上空摔下來。這一摔把翅膀摔掉了，僥倖保住一條命。

「天空真危險，我不要飛了，好可怕！」錦蛇跟天神講恐怖的經驗。

「好啊！那就不要飛。」

「給我手和腳好不好？我想要和猴子一樣。」錦蛇請求。

「好啊！」天神又揮動魔杖。

錦蛇長出手和腳在大樹上爬上又爬下，雖然樣子很笨拙，但能用手腳爬樹對錦蛇而言，是很新奇的經驗。

「你這隻蜥蜴怎麼手腳都是毛？」一隻藍蜥蜴好奇的

問。

「我不是蜥蜴，我是蛇！」錦蛇辯解。

「不！你是蜥蜴。蛇沒手沒腳。」

「不！我是蛇，有手有腳的蛇。」

「按你的說法，我有

手有腳，那我也是一條蛇！」蜥蜴反駁。

「不！你是蜥蜴，不是蛇。」

「對！我是蜥蜴，因為我有手有腳。」蜥蜴大聲說：「你有手有腳，你也是蜥蜴，只是手腳長了噁心的毛。」

「我不要當蜥蜴。」錦蛇生氣了。

蜥蜴是比蛇還要低等的動物，至少錦蛇這麼認為。他覺得被嘲笑很沒面子，拜託天神把手腳收回去。

過了幾天，錦蛇再度請求：「天神！我想變成一隻會跳的蛇，像袋鼠一樣。」

「好啊！」天神再度揮動魔杖，錦蛇長出一雙腿。

但是，他不知道怎麼使用他那強而有力的雙腿。錦蛇根本站不住，身體不是向前傾就是往後仰，他勉強跳出幾步，不是摔個兩腳朝天，就是舌頭吃土。

錦蛇看著草原上一群飛快跳躍的袋鼠，心想：「我就快要跟他們一樣了！再練習一下。」

好不容易，他跳起來了！真正成為一隻在草原上跳躍的蛇。他得意的大聲說：「哈！從此我要改名叫跳跳蛇了！」

但是，錦蛇還不會控制雙腿的力量，不知如何煞車。糟糕！這一跳，

跳進山谷裡。

錦蛇摔斷雙腿。當他的腿脫落之後，錦蛇沿著石壁爬回自己的洞穴。

天神知道消息後，特地來關心。

錦蛇低著頭，覺得很不好意思。

「你還好吧？」天神問：「你還需要什麼？我可以給你。」

「我什麼都不要！我看我還是專心當一條蛇好了。」錦蛇回答。

2 懸絲偶小跳

「噹！」戲班敲了一聲鑼。

「好戲開鑼了！大家快來喔！」戲班班主吆喝著：「今天演出的好戲是《小跳歷險記》。」

天神接受邀請，坐在臺下觀賞。

「是天神吔！」懸絲偶小跳心想：「難得他來看戲，今天我一定要好好表演。」

在班主的操控下，小跳跳著街舞出場，精湛的舞技，讓觀眾不約而同的鼓掌叫好，天神也跟著拍拍手。

故事描述的是，小跳帶著他的同伴小豬，一起去火山島探險。小豬常常犯錯，危險一而再，再而三的發生，小豬一直被小跳教訓……

班主操控小跳，小跳暴跳如雷的大聲罵小豬：「你這隻笨豬，笨到極點，連鞋帶鬆掉都不會綁。笨！」

小豬難過的低下頭，臉紅紅的說：「我的豬蹄只有兩

根指頭，沒辦法綁鞋帶。」

觀眾都覺得小跳太凶了。其實，小跳不想這麼做，他心想：「我這麼有禮貌，怎麼會罵人呢？」

但是，他的嘴就是不自主的罵出：「笨！笨！笨！」

小豬把帽子弄丟了，小跳氣得伸手要打小豬，小豬嚇得躲在角落發抖。觀眾非常緊張，擔心他真的動手。

其實，小跳很溫和，他根本不想打小豬。雖然小跳一直反抗他的右手，但是在懸絲的操控下，右手還是高高的

舉起。

「不！我不想打小豬！我不想打小豬！」小跳內心很掙扎、很痛苦。

「啪！」一巴掌還是打在豬頭上，打得小豬眼前都冒出了星星。

小豬摸著豬頭大哭：「小跳，你怎麼可以打我？太可惡了！」

小跳想說對不起，但是，這三個字就是說不出來。他掙扎的開口了，講出來的話竟是：「笨豬！打你怎樣！帽

子弄丟就是該打！」

「啪！」又是一巴掌。小豬在地上打滾，大哭大鬧：「我不要跟你去探險了！」

小跳難過的想低頭，偏偏懸絲把他的頭吊得高高的，顯得很高傲。

觀眾認為小跳脾氣壞，不應該，紛紛指責：「太可惡了！小

跳下臺！小跳下臺！」

只有天神看得出來，他用心電感應問小跳：「你是不是無法控制自己？」

「我好痛苦！天神啊！我不是壞脾氣的人。這幾根懸絲，讓我身不由己。」小跳用心電感應回答。

天神微微笑，輕輕的動了一下魔杖，懸絲斷掉了。

小跳自由的蹲下來，他抱起小豬說：「對不起！」

3 偶像藍豹俠

動畫片《藍豹俠》在電視播出之後，小朋友都為之瘋狂。他那勇敢、帥氣的形象——打擊壞人，維護正義，讓小朋友愛得不得了。大家呼著口號：「藍豹俠出現，壞人都不見。」

藍豹俠身高三公尺，豹頭人身，散發藍光，力氣大到能單手舉起大象。他身穿超合金鎧甲，披著披肩，騎重型機車，十分威風。

十歲的紹空放學後，溜到巷口的文具店，用自己的零用錢買了一個藍豹俠公仔，他幾乎將系列商品都買齊了。他愛藍豹俠。

「一、二、三、四、五、六……五十六、五十七、五十八、五十九。」紹空把公仔放在櫃子裡，然後伸出手指頭數了數，對自己說：「還差一個，就收集齊了。」

紹空從衣櫥裡拿出披肩，披在肩膀上，再從抽屜裡拿出整套《藍豹俠》漫畫，坐在沙發上聚精會神的看，還邊看邊笑。

紹空的房間牆上也貼滿了藍豹俠海報。他擁有藍豹俠T恤、帽子、枕頭、書包、雜誌、卡片……他的房間到處都是藍豹俠。

紹空真的太愛藍豹俠了，他乾脆也給自己取個叫「藍豹」的綽號。

「唉！如果能見到他，那該有多好啊！」紹空顯然並不開心。

他朝向藍天默默禱告：「天神啊！我多麼希望見到真的藍豹俠，他是我的偶像，您能實現我的願望嗎？」

天神剛好聽見，他把關於紹空的事告訴藍豹俠。

「真的？真有小孩這麼想見我。」

「是啊！你是他的偶像，千萬別讓他失望。」

「我知道怎麼做了！」

晚上，當紹空正準備上床睡覺的時候，街上傳來重型機車轟轟轟轟的聲音，他好奇的打開窗戶想看個清楚。叩叩

叩，一陣急促的敲門聲響起。

「誰啊？」他心想：「媽媽要進我的房間，從來都不敲門，會是誰呢？」

他把門打開，藍豹俠衝進房間給紹空一個擁抱，然後大喊：「藍豹俠出現，壞人都不見。」

「妖怪……救命啊！」紹空嚇得大叫，跌坐在地上。

「妖怪？我不是妖怪。」

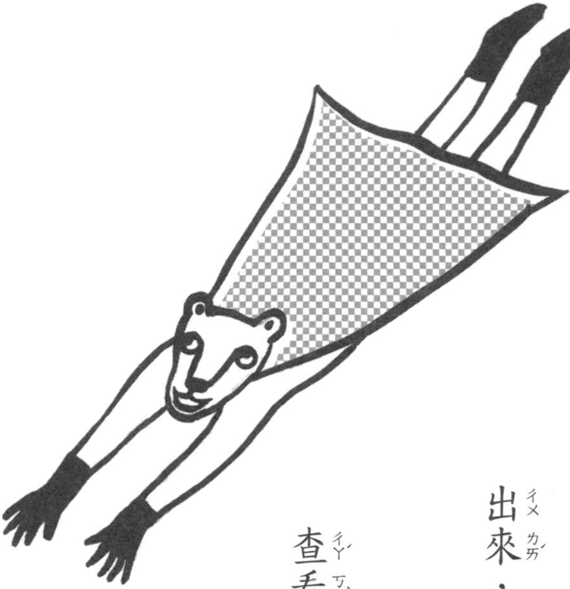

「妖怪！妖怪！」

「我是藍豹俠啊！你不是想見我嗎？」

藍豹俠納悶的說。

「啊——」

紹空全身發軟，什麼話都說不出來，嘴裡只叫著：「妖怪！妖怪！」

爸爸在樓下聽到聲音，急忙上樓查看。藍豹俠聽到腳步聲，迅速從窗戶跳出去，跨上重型機車轟轟轟的，一溜煙走掉了。

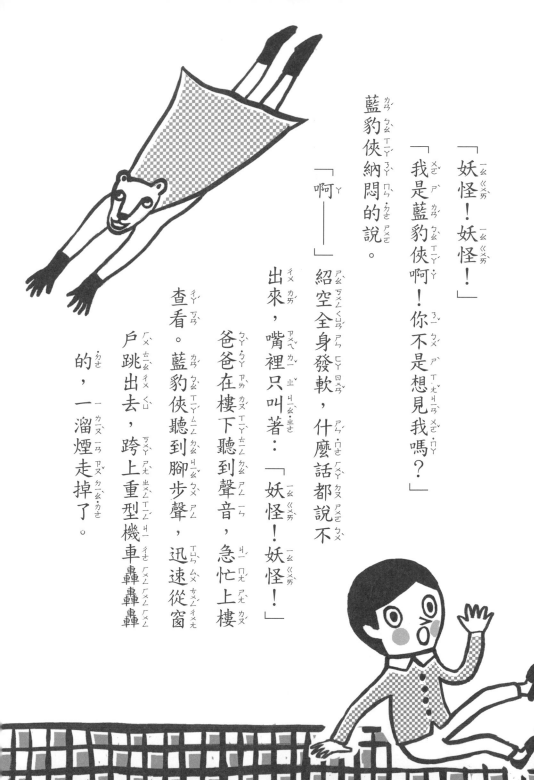

房間又恢復原來的樣子，除了紹空跌坐在地上之外，好像什麼事都沒發生。

藍豹俠跑去質問天神：「那個叫紹空的小孩，您不是說我是他的偶像，他想見我嗎？」

「是啊！你去找他了嗎？」

「嗯，我們見面了。」

「見到偶像，他很興奮吧！」

「他嚇得半死，還叫我妖怪，很沒禮貌，讓我好失望。」

「怎麼會這樣？」

「我也不知道。」

天神覺得奇怪，
於是跑去問個清楚。

「你不是想見你的偶像嗎？
為什麼當他出現在你的眼前時，你卻嚇壞了，
還喊他是妖怪。他很失望，覺得你很沒禮貌。」天神說。

「天神！其實我真的很喜歡藍豹俠。」手上拿著藍豹
俠公仔的紹空很委屈的說：「但我不喜歡真的藍豹俠。」

4 什麼都想學

小公雞很好學，他什麼都想學。

但是，他並不想學站在屋頂上報曉。每次看到大公雞拉長脖子啼叫，那滑稽的樣子，讓小公雞覺得很丟臉。

大公雞叫出「喔！喔！喔！」的聲音，小公雞覺得沒有鳥兒叫得好聽。他認為大家這麼早起床，根本是被吵醒的。

「我長大絕不學報曉。樣子醜，聲音難聽。」小公雞抱怨。

「什麼？這是我們公雞最神氣的時刻。」大公雞不高興的說：「其他的動物都羨慕得不得了，就只有你覺得丟臉。」

「不管，我要學別的。」小公雞也很不高興。

小公雞覺得黃狗看守農場大門很威武，他曾經衝進草叢裡，逮到

一隻想要摸進農場的狐狸。

「哇！好威風，我要學黃狗抓狐狸。」

小公雞發現黑貓走路沒聲音，他能從黑暗處跳出來，銳利的爪子一下捉住正在偷食物的老鼠。

「哇！好厲害，我要學黑貓捉老鼠。」

小公雞看見白鵝優游自在的在池塘裡划水，他把頭伸進水裡吃水草，偶爾整理白色羽毛，姿態非常優雅。

「哇！好華麗，我要學白鵝划水。」

可是，白鵝、黑貓和黃狗都不願意教小公雞。

「你是公雞，學你應該學的，我的能力你學不來。」白鵝、黑貓和黃狗都說了同樣的話。

小公雞渴望學習的心情得不到鼓勵，於是他向天神禱告：「天神啊！請您讓白鵝、黑貓和黃狗當我的老師。」

天神告訴小公雞：「報曉，才是你最能發揮的能力，把它學好，不要什麼都想要。」

「您是天神吔！怎麼可以這麼說呢！」小公雞不太高興。

「如果你真的想學這些本事，好啊！我成全你。我讓白鵝、黑貓和黃狗當你的老師。」天神揮動魔杖。

小公雞先學划水，白鵝無奈的教他：「身體要坐在水上，兩隻腳在水底划水，不要拍動翅膀。」

白鵝的腳有像船槳一樣的蹼，在水面上輕輕一划，輕

鬆的前進，十分優雅。

「換你啦！」

小公雞的腳沒有蹼，他嘗試坐在水面上，身體卻前進不了，前進不了就想拍動翅膀，拍動翅膀身體就往下沉。「救命啊！」幸好白鵝及時救了他。小公雞嚇得發抖，說：「我不學了。」

小公雞向黑貓請教捉老鼠的方法。

黑貓無奈的說：「趴在黑暗處，不要出聲，等

老鼠接近，再迅速衝出去，用利爪把老鼠捉住。」

黑貓示範動作，小公雞反覆練習幾次。

「姿勢不錯，動作正確，再凶一點更好。」黑貓點點頭說：「我想應該可以了，晚上你來試看看。」

「哇！太好了！我將成為歷史上第一隻會捉老鼠的公雞。」小公雞得意極了。

晚上，小公雞蹲在黑暗處，卻什麼也看不見。老鼠已經偷走乳酪，他還不知道。

黑貓很生氣的說：「你的警覺性太差了，

走吧！別學了。」

「來吧！可憐的小公雞，我教你看門。」黃狗無可奈何的說。

「哇！看農場大門，這最威風，我要學。」小公雞開心的說。

「你只要站在高處，注意草叢動靜就好。若是發現狐狸，叫個幾聲讓我知道，我來對付狐狸，你千萬別衝進草叢裡，知道嗎？」

小公雞站在農場的門柱上，注意四周環境，看看有沒

有什麼風吹草動。

一隻狐狸偷偷摸摸的進來。站在高處的小公雞早就發現，他拍動翅膀直往狐狸的身上撲去。

小公雞想學黃狗抓狐狸。狐狸看到小公雞往他的身上飛過來，順勢一口咬住雞脖子，小公雞連叫聲救命都來不及。黃狗根本不知道他的學生被狐狸抓走了。

還好，天神及時出現，迅速將小公雞從狐狸的嘴裡搶救回來。有了這次慘痛的教訓，小公雞很不好意思的去找大公雞。

5 高興的符號

太空發生一起撞擊事件，天使不小心撞到哈星飛碟。飛碟故障穿過地球大氣層，降落在一個小鎮附近。

哈星人阿布丁走出飛碟，他的眉毛往上揚，嘴角往上彎，看起來很像在笑的說：「喔！喔！飛碟壞了，飛不起來，怎麼辦？」

哈星人阿克力也是眉毛往上揚，嘴角往上彎的說：「哇！怎麼會撞到天使呢？趕快修理吧！」

「當然要趕快修理，但是，我擔心零件不夠。」阿布丁回答。

地球人喜德看見天空中有火光掉下來，急忙開貨車到現場。他看見兩個眼睛跟碗一樣大的外星人，嚇了一跳。

喜德還是很客氣的問：「需要幫忙嗎？」

這下糟了，哈星人聽不懂喜德的話；喜德也聽不懂阿布丁和阿克力在講什麼？他們比手畫腳的試了半天，不懂就是不懂。雖然彼此不懂對方在講什麼，但喜德看他們笑咪咪的樣子，覺得很友善。

阿布丁想到一個方法，他畫了零件、工具和修理的符號。喜德一看就懂了，他點點頭，畫了一個「幫忙」的符號。

阿克力表示了解，他帶著喜德到引擎室找毛病。喜德很厲害，從貨車裡拿出零件，兩三下就修好。

阿布丁和阿克力忽然皺起眉、嘟起嘴來，還在飛碟上跺腳大叫。

喜德嚇一大跳，心想：「他們怎麼生氣了？」

阿布丁畫一個「皺眉嘟嘴」的符號給喜德。

喜德看了之後，心裡很不舒服，他覺得這兩個外星人真沒禮貌。

飛碟飛走了。喜德悶悶不樂的想：「我幫你們修理飛碟，你們竟然不高興。」

天神騎著雲來到喜德身旁，問他：「外星人有沒有

來過？」天神是為了天使撞到飛碟的事件，來向哈星人道歉，只是慢了一步。

「天神！正好請您來評評理。」喜德將整件事情的經過說給天神聽，還將那張「皺眉嘟嘴」的符號拿給他看。「您說，這兩個外星人是不是很可惡！」

天神看了所謂「皺眉嘟嘴」的符號之後，哈哈大笑。

「天神，您怎麼在笑呢？這一點都

不好笑。」喜德抗議了。

「喜德，你誤會了！」

「誤會？我怎麼會誤會，這符號明明就是生氣。」

「不！這是『高興』、『感謝』的意思。」天神解釋著：「對哈星人而言，我們認為的生氣就是高興；高興就是生氣。」

「什麼？」喜德訝異的說：「這麼說，我一開始看到他們很開心的樣子，其實是很生氣啊！」

天神微笑的點點頭。

6 天使的光環

每個天使的頭上都有一圈光環，一千萬個天使，就有一千萬個光環。

光環發出黃綠色的光芒，讓天使覺得很得意，這象徵著神的榮耀。

但是，光環竟然有保存期限！

天使加百列感到不可思議，常常發出疑問：「天神，為什麼我們無法讓光環永久保存？每隔一百年要換一次，很麻煩吔！」

「連我都要定期更換，有什麼好抱怨。」天神用魔杖敲了一下老是問一樣問題的加百列。

「新光環光力十足，讓你們更受歡迎。使用新光環有什麼不好？」天神向所有的天使訓話：「這個蠢問題以後就不要再問了。」

這一天，天使加百列、彼得和薇薇安一起飛到人間玩耍。

陽光下，茂密的森林公園顯得綠意盎然，小溪流過森林再流向一片草原，草原散發淡淡的草香。

有一家人在大樹下野餐，媽媽正在準備甜甜圈；爸爸和孩子在草地上放風箏。

彼得說：「好好喔！我也想野餐。」

於是，他們開始玩扮家家酒遊戲。

加百列當爸爸，孩子是彼得，他們在半空中放風箏。

薇薇安當媽媽，她要準備野餐，「啊！沒有甜甜圈，怎麼辦？」

想到了！她拿下自己的光環，再收集加百列和彼得的光環充當甜甜圈。

這一家人的爸爸和孩子玩累了，坐在樹下吃甜甜圈；加百列和彼得玩累了，坐在樹上吃「光環」。

加百列疑惑的問：「光環能吃嗎？」

「假裝是甜甜圈嘛！扮家家酒又不是要真的吃。」薇薇安說：「吞下去，再吐出來不就好了。」

光環禁止吞食

但是，他們沒有仔細讀說明書。這下糟糕了！光環的

光力失效，發不出亮光就必須更換。

「哇！怎麼辦？」加百列皺著眉頭說：「我的光環才換沒多久吔！」

「我也是！」彼得說。

「好啦！都是我不對！我賠給你們。」薇薇安說：「我有光環儲值卡，回天上再換給你們。」

這一家人用完餐之後，將垃圾丟進垃圾桶，開開心心的騎著單車回家。

「沒有用的光環怎麼辦？」天使們隨手將光環往森林

裡一丟，快樂的飛回天上。

光環必須回收

說明書寫得很清楚，剩餘的光力一旦釋放，會造成光汙染。他們根本沒看到這一條。

三個光環掉在森林裡，光力大爆發。森林一下子吸收了太多光，光合作用暴量，造成森林白化，綠森林變成白森林。專家深入調查，發現是天使光環惹的禍。

森林公園園長向天神抗議。同時，他也立了一面牌子——「禁止亂丟光環」。

7 動物馬拉松

經過一個月的比賽，四年一次的動物世界運動大會，將在壓軸的一百公里馬拉松長跑比賽結束之後，正式畫下句點。

每隊的動物都非常重視這個項目，因為這是最高的榮譽象徵。

金錢豹領隊說：「我們雖然拿下一百米、兩百米、四百米短跑冠軍，但這些冠軍都比不上一面馬拉松金牌。」

羚羊隊長嚴肅的告訴記者：「『速度』一直是我們的強項，馬拉松金牌我們勢在必得。」

打破跳高世界紀錄的袋鼠在電視上談到：「雖然我拿到跳高金牌，覺得很榮耀，但是，如果我的隊友拿到馬拉松第一名，我會感到更光榮。」

駱駝跑不快、跳不高、丟不

遠，長久以來，他們在世界運動大會的成績都不理想。如果有動物耐渴比賽，能長時間不喝水的駱駝大概可以拿金牌，偏偏動物世運會沒有這個項目。

駱駝隊派出速度、耐力都在巔峰的小駝比賽。駱駝領隊仍不放心，畢竟，競爭對手都太厲害了。

他跪在地上禱告，請求天神幫忙：「天神啊！請您幫忙，讓我們能拿到馬拉松冠軍。」

「為了公平，我不能幫你忙，我只能告訴你，要用智慧。」天神出現了，笑著說。

3
5
1
MARATHON

「智慧？我不明白。」

「喜歡吃什麼？安排好，鼓勵他，維持在前面，就有機會贏。」天神暗示完之後就消失了。

「喜歡吃什麼？安排好，鼓勵他，維持在前面。什麼意思？」駱駝領隊想了好久，突然跺一下腳，說：「啊！我明白了。」

砰！比賽的槍聲響起，動物選手爭相往前衝。羚羊一下子就跑到前面，他的速度像射出去的箭；金錢豹緊跟在後，像一部奔馳的跑車。

小駝的速度雖然比不上羚羊和金錢豹，但為了這次比賽，他的速度也大幅提升，奔跑起來已經跟馬一樣快了。在廣大的荒野地區，進入五十公里之後，勝負已經慢慢出現。

在五十五公里處，金錢豹的速度已經慢得跟一隻貓咪差不多。保持領先的羚羊，或許開始的時候速度太快，沒有調節體力，在七十公里處，他已經躺在路邊喘氣。

小駝比馬稍快一點，一前一後，維持一定的速度。他們不是最快，卻保持在其他動物選手的前面。

進入九十五公里處，馬的速度慢下來了。小駝一口氣衝到終點，終於奪得馬拉松金牌。

這是駱駝隊有史以來的第一面金牌，大家都很高興。閉幕典禮上，受邀

致詞的天神還特別表揚小駝，澈底發揮「駱駝精神」。

記者好奇的問天神：「聽說是您教導駱駝怎麼跑贏馬拉松？」

「哦！我只是提示一下而已。」

「提示什麼？」

「喜歡吃什麼？安排好，鼓勵他，維持在前面。你聽得懂嗎？」天神回答完問題就消失了。

記者聽了一頭霧水，不知道那是什麼意思。

他乾脆問駱駝領隊：「天神的暗示是什麼意思？小

駝是怎麼做到的？」

「我在每五公里的地方放一根紅蘿蔔，那是小駝最愛吃的東西。」領隊說。

記者又疑惑了：「放紅蘿蔔做什麼？」

「金牌就像一根最甜的紅蘿蔔。」領隊接著說：「我告訴小駝，你別去想一百公里外的金牌。你若能夠最先吃到每五公里處的紅蘿蔔，保持前三名的成績，就有機會拿冠軍。他做到了！」

天神在雲端聽見了，摸摸鬍子點點頭。

8 保暖的羊毛衣

小羊咩是一隻可愛的綿羊，他已經一歲多了，身上穿著毛衣，蓬蓬鬆鬆、圓圓滾滾，很可愛。他也很頑皮，又怕熱，一玩起遊戲，就非要把身上的毛衣脫下來。

為了這件事，羊媽媽叮嚀他很多次：「小羊咩，你又把衣服丟在草地上了，小心弄髒！」

「不會的，草地很乾淨。」他總是找理由：「媽媽，

你知道嗎？玩遊戲的時候會流很多汗，汗水會把毛衣弄溼。我脫下來，不但玩得舒服，毛衣也不會有汗臭味，這樣更好。」

「萬一不見了，看你怎麼辦？」

「不會啦！我一邊玩一邊盯著毛衣，誰敢來偷？」

「冬天來了，你還是穿著毛衣吧！」

「媽媽，我不怕冷。沒問題啦！」

這天，冷風呼呼吹。小羊咩咩在草地上玩捉迷藏，他把毛衣脫下來，放在石頭上。

前一秒鐘他還很注意的盯著毛衣，但後一秒鐘毛衣就被風吹走了，他根本不知道。

「天神啊！天氣好冷，我好想有一條圍巾。」野兔奶奶坐在搖椅上說：「圍巾圍住脖子一定很舒服。」

天神笑一笑，點個頭，毛衣吹進野兔奶奶的家。

「哇！一件毛衣，暖烘烘的，真好！」

「但我只需要一條圍巾。謝謝您！天神。」野兔奶奶

拿剪刀剪下她需要的部分。

田鼠婆婆打開門，一陣冷風灌進室內。她連忙把門關上：

「哎呀！天氣怎麼這麼冷！」

「如果有一件披肩，那該有多好啊！」她隨口說出。

天神聽見了，點點頭。毛衣不知怎麼的掉在田鼠婆婆的床上。

「啊！一件毛衣，剛好可以做披肩。」田鼠婆婆剪下

需要的部分。

每到冬天，禿頭的山豬爺爺就頭疼得厲害，如果有帽子保暖，這個問題就可以改善。

「天神啊！我希望有一頂毛線帽，我不想再被頭痛給折磨了。」他說出心中的願望。

天神知道了，點了一下頭，毛衣出現在山豬爺爺家的餐桌上。

「咦？怎麼會有一件羊毛衣？」山豬爺爺摸著光光的腦袋說：「或許天神聽見我說的話了。」

他高興的拿出剪刀，剪下需要的部分，「這些夠我做一頂毛線帽了。」

小羊咩一直玩到羊媽媽叫他回家。他走在半路上，覺得身體涼涼的，才猛然想起羊毛衣。

「糟糕！玩到忘記毛衣，萬一不見就慘了。」

他擔心的趕回草地找衣服。天神怕小羊咩著涼，早就讓風把羊毛衣吹回原地。

「呼！好險，毛衣還在。」

小羊咩穿上羊毛衣。當他把衣服穿上時，發現衣服怎麼變短了？

「奇怪！毛衣怎麼突然不合身了？」他納悶著：「難道這不是我的衣服？」

他聞一聞衣服上的味道，「這是我的沒錯啊！」

小羊咩在完全不知道發生什麼事的情況下，穿著半截毛衣回家。天神躲在雲朵裡偷笑，這也算是對小羊咩的一種處罰吧！

9 桃花開了

一個陽光普照的春天上午，天神來到森林散步，他看見五隻小豬躺在草地上。

但是，連續幾天的陰雨，天氣又溼又冷，桃花冷得不敢盛開，所以就算陽光出來，桃花依然含著花苞。

這群小豬在晒太陽，溫暖的陽光像一雙手在他們的身上來回按摩，小豬們很開心。

「好舒服啊！真想睡！」豬寶瞇著眼睛幾乎睜不開。

「我快要睡著了！」豬貝根本就閉著眼睛。

「我已經睡著了！」豬小帶著微笑說。

「少來！睡著了還會說話。」豬孩輕輕踢豬小一腳。豬童已經在打呼了。

天神悄悄的走到了他們

身旁，笑咪咪的說：「好可愛喔！」

這一聲「好可愛」，把豬寶驚醒了。

「老爺爺，您是誰？」豬寶問。

「我是天神。」

「天神？哇！天神。」

豬寶這一句「哇！天神。」

把其他的小豬驚醒了。

豬寶興奮的說：「天神吔！我們遇到天神了。」

「騙人！」豬小瞪了一眼，說：「怎麼這麼剛好，讓

我們遇到天神。」

「說得也是！」豬貝使個眼色，說：「不能因為他是鬍子長長的老爺爺，就說他是天神。」

「是他自己說他是天神的。」豬寶反駁。

「自己說自己是天神，我們就要相信他是天神？」豬孩搖搖頭說：「真傻！我也可以說我是神豬呢！」

「如果他能證明自己是天神，或許我會相信。」豬童摸摸下巴想了一下。

「對！除非他能證明。」小豬們紛紛點頭。

天神看著這一群小豬吵來吵去，圓圓滾滾的身體撞來撞去，忍不住笑出聲來，說：「你們這群小豬真是可愛又有趣。你們在討論什麼啊？」

豬寶說：「我們在討論您真的是天神嗎？」

「我當然是天神！」

「那不算！」豬童說：「老爺爺，除非您能證明。」

只是為了幾隻小豬的懷疑，天神就必須證明自己是天神？這讓他覺得很好笑。從很久很久以前到現在，天神從來就不需要證明自己是天神。

但是，為了取信於小豬們，天神說：「好吧！那我要怎麼證明呢？」

「您若能施魔法，我們就相信。」豬貝說。

「好！我讓春天來到！」

「那不算，春天本來就到了。」豬寶搖搖頭。

「哦！不算！不然我讓陽光普照。」

「那也不算。春天到了，陽光本來就會普照。」豬小搖頭。

「又不算！那我讓大地溫暖。」

「陽光普照之後，大地當然就溫暖了。不算！不算！」豬孩皺一下眉頭。

「還是不算。」天神也皺眉了。

一陣春風吹過，抖動桃花花苞。

天神想到怎麼證明自己有魔法了。

「我可以讓桃花盛開。」

「我看見陽光，感到溫暖，也知道春天回來，但是這幾天桃花都沒有開。」

豬貝說：「您現在若能讓花開，我們就

相信您是天神。」
天神將魔杖一點，
桃花一朵接一朵綻放；
桃花一串接一串盛開；
桃花一棵接一棵開了，
開成一片美麗的桃花林。
小豬們眼睛裡都是美麗的
桃花：「哇！好美！」
「這絕對只有天神辦

得到。」豬童驚訝的說。

「老爺爺會魔法，他真的是天神。」豬小肯定的說。

「天神！」小豬們快樂的圍繞在天神的身邊。

回家之後，豬寶將這件事情告訴媽媽。

媽媽瞪了小豬們一眼說：「春天到了，陽光出來，大地溫暖，桃花本來就會陸續開花，哪需要什麼魔法？傻孩子，你們被唬了！」

「我沒有唬小豬。」天神站在雲朵上淡淡的說：「其實不只是桃花，整個美麗的春天，全都是我變出來的。」

10 不能管

山羊在叢林裡吃草，不幸的，被躲在樹叢裡的野狼盯上了。野狼已經三天沒有吃東西，他餓壞了，凶猛的衝出來，一張口直往山羊的脖子咬去。

山羊警覺危險想要逃走時，已經來不及了，野狼的血盆大口就快要咬住他的脖子。山羊嚇得全身發抖

緊閉雙眼，緊急求救：「天神！救我！」

天神及時出現，他拉一下野狼的腿，害他滑一跤撞到樹幹，撞得鼻青臉腫；他再把山羊變到安全的草地上，免得野狼再次攻擊。天神救了山羊，讓野狼撲空。

山羊跪在地上感謝：「偉大的天神啊！謝謝您救我一命，不然，現在野狼正啃著我的骨頭。」

「我是天神，本來就是要幫助大家的。」天神摸摸鬍子說：「這沒什麼，你平安就好！」

天神和藹的摸摸山羊的頭。這時野狼摸著疼痛的鼻子

跑到草地上跟天神抗議，山羊害怕得躲到天神後面。

「天神，您怎麼可以在我撲向山羊的時候拉我的腿，害我摔傷？您怎麼可以把山羊變不見，讓我吃不到？」野狼生氣的說。

「你要咬他，他有生命危險。山羊跟我求救，我當然要救他。」天神解釋。

「他有生命危險，所以您救他？」

「是的！」

「那我有生命危險，親愛的天神，您會救我嗎？」

「我當然救你啊！只要你說出來。」天神想了一下，說：「不過，你現在沒什麼危險，應該不需要我吧！」

「我需要您！因為我現在就有生命危險。」野狼肯定的說。

「別開玩笑！看你好好的，你有什麼生命危險呢？」

天神苦笑。

「我已經餓了三天，再這樣餓下去就死定了。您說，我現在是不是有危險。」

天神摸摸野狼餓扁的肚子，說：「嗯，的確有。那怎麼辦呢？」

「我好不容易逮到一隻山羊。」野狼苦著臉說：「您救了山羊，卻害了我。」

「可是，山羊跟我求救，我一定得救他。」

「天神，那我現在跟您求救，您會救我嗎？」

天神抓著鬍子點點頭：「當然會，你說吧！」

野狼跪下來請求：「天神啊！救救我啊！求您給我躲在您背後的那隻山羊，我快餓死了。讓我咬斷他的脖子；讓我吃他的肉；讓我啃他的骨頭；讓我吃得飽飽的，我就不會死。」

山羊聽了早已嚇得暈過去。天神聽了之後，臉上露出奇怪的表情。

「您答應救我的，把山羊交給我就是救我。」野狼一步步走向山羊。

「不行！我救了山羊，又把山羊交給你，那我不就等於沒救。」天神搖頭了。

「那我怎麼辦？您也答應救我。」野狼

再度抗議。

「是喔！怎麼辦？」天神這下傷腦筋了。他皺著眉的額頭直冒汗，心想：「救了山羊，沒有幫到野狼；幫了野狼，卻害了山羊。」

山羊用哀憐的眼神看著天神；野狼也用哀憐的眼神望著天神。一切就等他決定。

野狼看天神大概想不出方法，他提出建議：「我有一個辦法，您看好不好？」

「說來聽聽！」天神擦了一下汗。

「我的辦法是，您就不要管我們，無論我們怎麼向您求救！」

「哦！是嗎？那我現在怎麼做？」

「您把山羊變回叢林，我從這裡開始去抓他，如果他跑掉，我就繼續餓肚子；如果他被我抓到，那算他倒楣。

天神，無論發生什麼事，您都不可以管。」野狼說明。

「我懂了！」天神笑了。他揮動魔杖將山羊變回去，野狼流著口水往叢林方向狂奔起來。

但是，就在野狼進入林子的時候，不小心中了獵人設

下的陷阱，腳被捕獸夾夾住了。

野狼痛苦的大聲求救：「天神，救我！」

「你不是說，無論發生什麼事，我都不可以管嗎？」天神看了一眼之後，說：「所以，你的求救，我也不能管！」

天神乘著雲朵飛走了。

11 一百元

悅耳的歌曲從殿堂傳出來，那是讚美神的歌聲，人們在禱告之後都會捐獻金錢給天神。

「天神啊！我很虔誠，卻無法捐獻，因為我剛失業，沒有錢。」阿信合掌禱告：「我請求您給我錢好嗎？我的女兒好想吃蘋果。」

「好！我送你一百元。」天

神揮一下魔杖，說：「已經在你的口袋裡了。」

阿信摸摸口袋，果然有一張百元鈔票。

「我沒有捐獻，還跟您要錢，您會不會生氣？」阿信不安的說。

「放心！明天早上，這張百元鈔票會回到我這裡。」

「真的嗎？」

天神笑呵呵，「趕快回去吧！你的女兒正在等你買蘋果呢！」

阿信不相信，故意在鈔票的右上角畫三條紅線。

他來到大街上的水果商行，買了四顆紅蘋果。他把一百元遞給老闆阿順，然後快快樂樂的拎著蘋果回家。

這時，正在一旁的老闆娘轉身跟阿順說：「今天是女兒的生日，你趕快去買禮物。」

「對啊！」阿順放下正在擺放的西瓜，說：「我現在就去買，免得等會兒一忙就忘了。」

「你知道女兒喜歡什麼嗎？」

「知道！」阿順取下圍裙說：「她一直想要一個地球儀。」

阿順拿起那張一百元出門。他來到文具專賣店，挑了一個地球儀。

「多少錢啊？」阿順問。

「一百元。」老闆娘阿喜說。

阿順把一百元遞給阿喜，然後高高興興的抱著地球儀回去。

這時，阿喜忽然想起：「唉呀！昨天修車，少付一百元。我現在趕快把錢拿去還人家，不然又忘了。」

「阿田，我出門辦事，店裡交給你啦！」阿喜交代夥計。

「知道！」

阿喜拿起那張一百元，開車到修車廠。

「老闆！真不好意思！昨天帶不夠修車錢，還欠你一百元。謝謝你！」阿喜不好意思的說。

「別客氣！這幾年來，你的車子都讓我保養，我才要謝謝你呢！」老闆阿沖笑著說。

「你的服務好，技術好。你修車用心，我安心啊！」

「所以，我把每位顧客都當作

是來送禮物的貴賓。」

阿喜掏出一百元遞給阿沖，然後歡歡喜喜開車回去。

下午，阿沖收拾工具準備下班時，他的太太打電話來：「明天過節，你要送什麼禮物給媽媽呢？」

「我想包一個大紅包當作禮物送她。有了錢，她想買什麼就買什麼；想吃什麼，就吃什麼。」阿沖想一想之後回答。

阿沖拿了一疊百元鈔票，放進紅包袋裡。

媽媽拿到紅包後，對阿沖夫妻說：「謝謝，你們真孝順。」

「這是我們應該做的。」阿沖笑著說。

第二天早上，媽媽來到天神的殿堂，她跟大家一起虔誠的唱聖歌讚美神。

「天神啊！謝謝您，讓我的家庭幸福快樂……」媽媽合掌禱告。

天神沒有說話，只是默默的聽著。

媽媽從紅包袋裡抽出一張一百元，投進捐獻箱，然後安心的離開。

阿信來到天神的面前，他合掌問了：「天神啊！您說的那張百元鈔票，今天會回到這裡，真的嗎？」

「我是天神，什麼時候騙人了？」天神用魔杖指一指捐獻箱左上角的一張百元鈔票。

阿信睜大眼睛檢查，說：「真的吔！的確是我畫了三條紅線的一百元。」

12 不要再睡啦！

太陽已經升得很高，胖基還躺在床上，他一點都不想起床。胖基很瘦，不像名字有個「胖」字。

胖基很窮，每天大概只能吃一餐飯。他有工作，但總是懶洋洋的提不起勁，卻夢想有一天會很有錢。

他瞪著天花板向天神禱告：「天神啊！請賜我財富，讓我變成富有的人。」

天神顯靈了，他笑咪咪的站在胖基的床前，摸摸鬍子

105　不要再睡啦！

說：「你要禱告，總得起來吧！這麼不尊重神，叫我怎麼幫你啊！」

胖基大吃一驚，沒想到天神真的就站在眼前。他連忙下床，恭敬的跪下來乞求天神給他財富。

天神說：「我不能給你金錢，我只能從旁協助你，給你機會。至於怎麼做？那就要靠你自己了。」

「那就夠了！」胖基高興的說：「天神，現在請您給我一千萬元。」

天神再一次解釋：「我不是說了嗎？我不能直接給你金錢。你想要財富，你要明確的說出怎麼做，我可以幫助你完成。」

胖基思考著做什麼比較好呢？

他看到很多人喜歡吃麵包，心想：「不然，我就來做麵包。有了天神的幫忙，生意一定很好，我一定很快就可以賺到錢。」

他告訴天神心中的規畫之後，天神揮動魔杖一下，就把所有做麵包的器具、材料都準備好了。

天神說：「你只要認真的把麵包做出來，我就能讓大家都來買；只要生意好，你很快就會有財富。」

「真的？」胖基太開心了，「怎麼這麼好！」

天神叮嚀：「明天一早

麵包店開幕，我會邀請特別的朋友來買麵包。你一定要認真，做出最好吃的麵包。」

「我一定會努力！」胖基感動的說。

第二天一大早，東邊剛剛出現亮光，天神已經來到床邊叫胖基起床。但是，他一點都不想起來。

「你該起來做麵包了。」天神用魔杖搖一搖胖基。

「幹麼這麼早叫人起床，人家還想睡嘛！」胖基閉著眼睛揮手推開魔杖。

「起來！起來！別賴床，太陽已經出來了。」

「我不要，被窩裡比較舒服。」

「起來！起來！你不做麵包，要我怎麼幫你啊？」

「我睡飽了，自然會起來做，您不要催我！」

「起來！起來！難道你不想要財富嗎？」

「我想要財富，但我現在更想睡。」

「起來！起來！等一下我的朋友就會來買麵包。」

「您的朋友？那好辦，請他們等我睡飽再說。」

胖基翻個身呼呼大睡，不管怎麼叫，就是叫不醒。

大門外面出現鬧哄哄的聲音，天神的「朋友」已經在

胖基麵包店
休息

排隊，他們是天使、精靈和怪獸。

但是，大門深鎖著，胖基還在睡覺。開幕的第一天，麵包店沒有麵包。

天使耐心的等候，精靈不耐煩的飄來飄去，怪獸的脾氣最火爆，一直拍打大門，砰砰砰！

「吼！天神，您不是說有麵包吃嗎？門怎麼關著？你騙我喔！」怪獸吼出來。

「我……」天神說不出話。他心想：「我是該叫胖基起床好呢？還是變一些麵包出來好呢？」

讀懂天神心思的怪獸說：「都不用變，沒有麵包，那我就把胖基吃掉。」

天神一著急，忍不住叫出來：「不要再睡啦！」

「天神啊！你真的很吵吔！」胖基眼睛睜也不睜的罵出來。

天神有話說

大家好，我是天神！發生了這麼多事，我想休息一下，聽聽小朋友的想法吧！

★我實現了錦蛇的所有願望，但他最後決定還是當蛇就好，為什麼？

★你曾經覺得自己像小跳一樣被情緒控制了嗎？不想生氣卻身不由己，該如何是好？

★紹空很想見藍豹俠，真的見到之後，卻非常害怕，怎麼會這樣？

★小公雞現在應該在學報曉了吧！那才是他最能發揮的天賦，你說是不是呢？

★因為哈星人的語言不同，讓喜德誤會了。你曾經誤會別人，或是別人也曾經誤會過你嗎？

★天使亂丟壞掉的光環，造成嚴重的汙染。想一想，現在也有什麼

東西正在汙染地球呢？

★長遠的目標很難達成，但眼前的目標卻容易多了，小駝的「駱駝精神」還可以用在什麼事情上呢？

★小羊咩一時糊塗，讓毛衣變短了，但卻幫助了很多人！你覺得小羊咩是失去，還是獲得呢？

★小豬們不知道，大自然的變化是我偷偷推動的呢！很多事情看似理所當然，其實背後也有人默默的幫忙喔！你發現了嗎？

★應該救山羊？還是救野狼？這個兩難的願望，是否也能有人來幫幫我啊！

★一百元最後又回到了神殿。看著人們不斷傳遞溫暖，你說，是不是很快樂呢？

★胖基想變有錢，但他不肯起床，我怎麼幫他呢？唉！呼呼大睡是沒辦法實現願望啊！

哦，我又聽到有人請我幫忙了！各位下集再見！

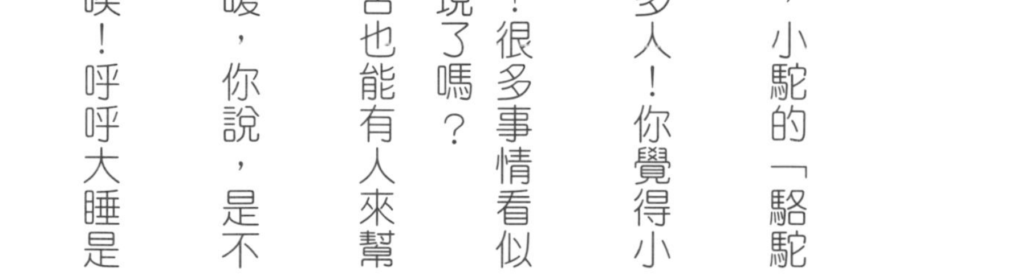

國家圖書館出版品預行編目（CIP）資料

天神幫幫忙：動物馬拉松／子魚作；
張惠媛繪．－－二版．－－新北市：
小熊出版：遠足文化發行，2018.09
120 面；14.8×21 公分．－－（繪童話）

ISBN 978-957-8640-49-8（平裝）

859.6 107012542

繪童話

天神幫幫忙：動物馬拉松

作者：子魚｜繪圖：張惠媛
總編輯：鄭如瑤｜責任編輯：陳怡潔
美術編輯：王子昕｜封面設計：陳香君｜印務經理：黃禮賢

社長：郭重興｜發行人兼出版總監：曾大福
出版與發行：小熊出版・遠足文化事業股份有限公司
地址：231 新北市新店區民權路 108-2 號 9 樓
電話：02-22181417 ｜傳真：02-86671851
劃撥帳號：19504465｜戶名：遠足文化事業股份有限公司
客服專線：0800-221029
E-mail：littlebear@bookrep.com.tw｜Facebook：小熊出版
讀書共和國出版集團網路書店：http://www.bookrep.com.tw
法律顧問：華洋國際專利商標事務所／蘇文生律師
印製：漾格科技股份有限公司
初版一刷：2013 年 10 月｜二版一刷：2018 年 9 月
二版三刷：2020 年 6 月
定價：280 元｜ISBN：978-957-8640-49-8

小熊出版讀者回函

小熊出版官方網頁